大地潜质，与其地尽其利，伤耗
沃土，不如以怜惜之心善用之。

——普利尼

For the Green Youngsters　　植绿、爱绿、护绿，我们都是绿野小少年

小手拉大手，走近大自然

倾听地球小生灵的心声，发现奇妙的世界

用文学的语言、经典童话的魅力，讲述关于自然的喜与悲

绿色学校进行环境教育的最佳课外读物

On Environment Protection　　　　一本关于绿色接力的书

关心地球，关心发展；
为了孩子，为了明天。

绿野少年生态童话

大耳朵的乡村音乐

英 娃/著 　　夏末工房 权 欣/绘

福建少年儿童出版社

唯有理解才会关心，唯有关心才会帮助，唯有帮助才能都被拯救。

——珍尼·古道尔

图书在版编目（CIP）数据

大耳朵的乡村音乐 / 英娃著.—福州：福建少年儿童
出版社，2008.3
（绿野少年生态童话）

ISBN 978-7-5395-3129-8

I. 大… II. 英… III. 童话—中国—当代 IV. I287.7

中国版本图书馆CIP数据核字（2008）第014347号

大耳朵的乡村音乐
——绿野少年生态童话

作　者：英　娃
出版发行：福建少年儿童出版社
社　址：福州市东水路76号17层　　**邮　编：**350001
http://www.fjcp.com　e-mail:fcph@fjcp.com
经　销：全国各地新华书店
印　刷：福州德安彩印有限公司
厂　址：福州金山浦上工业园区42幢
开　本：787X1092毫米　1/16
印　张：3
版　次：2008年3月第1版　**印　次：**2008年5月第2次印刷
ISBN 978-7-5395-3129-8
定　价：12.80元

如有印、装质量问题，影响阅读，请直接与承印者联系调换。

献给所有"地球的孩子"

我们的地球母亲是茫茫宇宙中的一座孤岛，地球上的一切不是我们曾想象的那样无穷无尽，我们正在深切地感受着这一点。一些曾经在这个星球上存在了上千百万年的物种，由于人类活动的干预，已经或正在濒临灭绝，曾经自由自在遨游在长江中的美丽的白鳘豚就是这样一个例子。污染的江河水、混浊的空气是自然对人类不负责行为的一种惩罚。

美丽的大自然是人类与各种生物共同生存的家园，这个世界上的每一个人、每一个机构、每一个国家，作为地球的孩子，都应该在这个严峻的现实面前提交一份合格的答卷。

热爱自然、保护自然就是守护我们自己的家园。了解、热爱、保护我们赖以生存的大自然要从青少年抓起，而通过童话故事这样的方式，是较为行之有效的。作为未来世界生力军的启蒙人，父母和老师们承担着重大的历史责任。

这套丛书中的童话在讲述孩子们喜爱的故事的同时，也给他们上了一堂堂生动的环保教育课。故事中不同生物角色的言行和书末介绍的环保知识点，教给了孩子们对其他人和生物的爱。这些必将在小读者心中打下深刻的烙印，而这种孩提时代留下的印象会对他们的整个人生产生积极的影响。

在与本书策划者有限的几次接触中，我可以感受到他们对儿童环境教育的热爱和投入。遵循着"只要认准了就去做"和"不管能做多少，都要踏踏实实认真做事"的原则，作者带着对自然的热爱，也带着对孩子们的热爱和期待，用生动明快的语言、丰富美丽的图画编织出了一个个活泼、欢快、知识性强的故事。我希望有更多的孩子和家长阅读这些书，让我们携起手来保护我们的共同家园。

世界自然基金会中国分会

战略总监 李琳博士

"环保要从青少年抓起、从教育抓起、从文化抓起。"《绿野少年生态童话》是国内首创青少年生态文明教育绘本，以人与自然和谐相处、爱护环境、保护环境为主题，用优美的文字及精致的插图编织了一串关于绿色的梦，有憧憬，有怀念，有忧伤，也有希望。童话中的动植物与小读者一样都是地球的生灵，个个有血有肉，会说话，会生气，会动脑筋，会犯错误，所以我们读后还能够从中获得友爱、团结、乡恋、理想、勇气、责任、坚强等人生体验。

　　这是真正属于中国本土的原创儿童文学绘本精品，在呼唤小读者争做"环境小卫士"的同时，还能很好地激发他们在美和艺术鉴赏力上的潜能。2008年，北京，"绿色奥运，人文奥运"。《绿野少年生态童话》是童书界为迎接这个世纪盛典而准备的一场环保盛宴，它唱着绿色的歌，正向每一位绿野少年款款走来。

英娃

　　1971年12月生，中国儿童文学研究会会员、山东省作家协会会员，从事儿童文学创作多年，曾在中国社科院文学研究所、鲁迅文学院学习，并连续三届获冰心儿童文学奖。曾主编国家环保总局主管的《环境教育》杂志。童话集《野鸭皮皮》获"2005年冰心儿童图书奖"，《小麻雀的项链》获"第15届上海市中小学幼儿园优秀图书二等奖"。新近出版了系列生态童话丛书《河王的旅行袋》等10本，并撰有儿童舞台剧《动物远征队》。2006年6月，与好友共同成立"地球的孩子工作室"。

夏末工房

　　夏末，夏未央。夏末工房插画设计工作室主要从事漫画、插图创作及图文设计等，是一家集书籍装帧、出版插画（书籍插画、报纸插画、杂志插画）、周边插画、绘本创作及平面设计于一体，以插画设计为主的工作室。工作室主笔刘江萍、蚂蚱、权欣、叶月雅薇等带领团队成员共同致力于发展本土原创青春漫画、儿童插画、绘本插画……风格多样，请至 http://blog.sina.com.cn/classicsummer 点评。

给大耳朵一个梦想的舞台

——不要遗忘聆听

"很久很久以前，我们居住的地方都充满着青山绿水、鸟语花香；站在家门口，能听到潺潺的溪水欢快地向前奔流；春天的夜里，阵阵蛙鸣如同天籁……"也许，在以后的教科书里会出现这样的词句，因为那些比我们更小的小读者已经看不到大树，看不到溪水，就像现在我们已经听不到蟋蟀的叫声，听不见夏夜的虫鸣……

这个故事的主角是一只可爱的田鼠大耳朵。大耳朵是一位充满灵气的乡村音乐家，他所弹唱的歌曲让人动容，既充满柔情，又充满着一种归家的渴望。而这位大耳朵呢也像大多数人一样，心怀着很大的梦想，觉得热闹的城市一定能让自己的才华得到发挥，觉得繁华的城市一定能帮助自己实现梦想。经过了一番思量后，他与自己的爸爸妈妈商量，表示：好男儿志在四方，我已经长大了，一定要到外面广阔的天地中闯出一番事业。认同大耳朵音乐天赋的爸爸妈妈答应了，只是慈爱地告诉大耳朵，如果不适应，就尽快回家。

于是，大耳朵怀抱着一腔热望踏上了通往城市的征途。在路上，他碰见了很多人，可是他们各自都有投奔的方向，都是为了在城市中混碗饭吃，没有谁留意背着吉他的大耳朵。后来虽然众人留意到了大耳朵，但由于大耳朵的孤独与无处可去，众人都不约而同地离他远远的，生怕他粘上自己。

孤独的大耳朵就这样来到了城市，日思夜想着怎么实现自己的音乐梦想。他得到了善良的宠物鼠小美的帮助，见到了城市音乐大师梦多芬。那一刻，大耳朵的心是多么激动啊。可是听到了城市音乐后的大耳朵却再也激动不起来，一腔的热血也渐渐地冷却下来。因为他发现，城市的音乐狂躁而嘈杂，充满着机械的冰冷与机器的轰鸣，他从中找不到任何乐感。大耳朵在寻找梦想中迷失了自己。迷失梦想的大耳朵不甘心就这么回去，他要亲自找城市音乐大师梦多芬谈自己的音乐，谈自己的梦想，他不能把自己的乡村音乐改成半吊子的城市音乐，他要通过努力让城市接受纯净自然的乡村音乐……

故事里的梦多芬代表着城市里的音乐主流，暗示着目前我们城市中充满了各种各样的噪声，而自然田园的声音却离我们的生活越来越遥远。梦多芬见了大耳朵，听了他的音乐。大耳朵的音乐亲切、自然、纯净，如同一股清水在缓缓流淌着……梦多芬大师显然受了感动，泪流满面。可就算是这样，也没有改变大耳朵乡村音乐的命运。梦多芬告诉大耳朵，这不是城市需要的音乐，这样的音乐在城市里永远得不到发展。他让不死心的大耳朵当晚在台上演奏了乡村音乐，以观效果。如梦多芬的预言，大耳朵的演唱失败了，城市杂音太大，大耳朵的乡村音乐已经敌不过这种喧嚣，城市的繁华与发展不仅牺牲了碧水蓝天，更牺牲了聆听的机会。潺潺的小溪不会环绕在城市的周围，澎湃的江河水在城市的喧闹下听不到任何声音，清风在碰到城市的街道后打了个弯，所有的昆虫都在渐渐地远离城市……

大耳朵伤心然而也坚决地离开了城市。他是勇敢的田鼠，义无反顾地回归乡村。而我们留在城市的人，却依然得日复一日、年复一年地听着机器冰冷的嘶叫，车辆无止境的轰鸣以及无穷尽的嘈杂——这些，就是城市的交响乐。而我们的耳朵，也早就遗忘了聆听。那么现在，让我们一起找回聆听吧，让我们一起找回那些自然的声音，让城市给更多的大耳朵们一个梦想的舞台。

（周玲 文）

　　田鼠大耳朵是一只音乐天赋极高的年轻鼠。他出生在一片广阔的草场，大自然赋予他许多创作的灵感和激情，因此大耳朵创作许多脍炙人口、充满田园风情的乡村音乐。他还常常热情地为住在草场和附近的动物居民演唱，受到大家的欢迎。渐渐地，大耳朵成为大家心目中的乡村音乐家。

　　那是夏天的一个夜晚，大耳朵躺在床上辗转反侧，睡不着觉。他的内心被远方的那个呼唤吸引着，"来吧！到大城市里来，这里的世界更广阔！来吧！你应该成为城市音乐家……"

　　大耳朵心潮澎湃，热血沸腾。是呀！他多么希望自己的音乐能征服那个全新的大世界。这不正是他的理想吗？是的，到时候了，到了该出发和远行的年龄了。

　　大耳朵跳下床，跑到镜子前，仔细地端详起自己的模样，"嘿嘿！这不正是外出闯荡的好模样吗？"

天刚亮，大耳朵便从床上跳起来，冲到院子里。田鼠先生像往常一样在他的花圃认真修剪。

"爸爸，我想到城里去闯荡一番！"大耳朵兴奋地说。

田鼠先生停下手中的活儿，回过头盯着儿子，"你是说你要离开这里吗？"

"是的，爸爸，我要成为真正的音乐家。"他停顿了一下，"我想，只有到了城市那个大舞台才能实现我的理想。"大耳朵目光坚定，语气里没有丝毫犹豫。

"噢！看来你已经做好了准备。"田鼠先生微笑着说。

"是的爸爸，我准备好了！"大耳朵的脸色红润起来。

"我想咱们最好和你妈妈商量一下……"不等田鼠先生把话说完，大耳朵跑开了，"我这就去找妈妈……"

这顿早餐吃得非常正式，因为一家三口围坐在一起谈论着一件非常重大的事情——当然是关于田鼠大耳朵进城这件事。

田鼠太太是一个出了名的个性强、持家有道的社会活动家，因此，她在家里的地位举足轻重，往往重大事情都要由她来决定。

她举起茶杯抿了一口，抬头望了望坐在右边的田鼠先生，又看了一眼坐在左边的大耳朵。她用一种非常严肃的口气对儿子说："大耳朵，你已经长大了，你想到城市里去发展，这是一件好事情。我很高兴你有这种想法。"田鼠太太又转向丈夫说："你看咱们草场，已经有不少年轻鼠进城闯荡了，听说住在农庄的老花斑鼠的儿子还出了国呢！所以，我看咱们的大耳朵是到了去城市展示才华的时候了。"

　　田鼠先生点了点头，"但是，我担心他会受到伤害……"

　　田鼠太太打断了丈夫的话，"世上哪有不付出代价就能获得成功的事？你呀，心再放宽点就好了。"

　　"爸爸，别担心，我不是小孩子了，一切都会好起来的……"

　　第二天一大早，田鼠先生和太太陪着大耳朵，搭乘一辆农庄的送货车赶往火车站。

　　站台上挤满了人，堆满了货。田鼠一家小心翼翼地朝火车尾部走去。

　　"大耳朵，勇敢点！记住，世上无难事，只怕有心人。"田鼠太太说着，眼圈红了，"噢，要是你有个伴就好了！"

　　"放心吧，妈妈！"

　　"我的儿子，如果想回家了，就回来啊！"田鼠先生鼻子一酸掉下几颗眼泪，"要记得回家的路啊……"他哽咽得说不出话了。

　　"我知道，爸爸，等过了秋天，我就会回家看看……"

　　大耳朵钻进土豆箱后，被搬上了一节挂在火车尾巴上的货物车厢。随着车轮"哐当哐当"的转动声响起，大耳朵带着美好的愿望上路了。

　　等火车驶出站台后，大耳朵从筐里钻出来，拍拍身上的土，背着吉他，拎着旅行箱走到窗边坐下。

　　这时，又有十几只来自不同地方的老鼠从货物堆里钻出来，不久整节车厢便热闹起来。

　　一只衣着讲究的家鼠慢条斯理地说："你们问我要去哪里，我说出来你们也许不信。"他从西装口袋里摸出一封信，指着印在信封上的大厦说："喏，就去这里！它可是一家宾馆！我姑妈是那里的首领，她拥有整个大仓库。"

一只瘦小的野鼠问："那里有好吃的吗？"

家鼠白了他一眼，傲慢地说："那儿可不是谁想去就能去的，要知道住在地下室里的统统是高贵鼠。好吃的算什么？他们洗桑拿、喝洋酒、吃西餐……"他停了一下，"说不定你们下次见到我时，我已经是那里的副首领了……"

"噢！"家鼠一席话，听得大家目瞪口呆。

坐在大耳朵对面的那只邋遢鼠，一边吸着鼻涕一边说："我叔叔住在菜市场，听他说那里老乡很多，衣食不缺，生活安全又快活！"

一只短尾巴鼠说："我去大舅家走亲戚，他家住在糕点厂，整天有吃不完的点心。呵呵，要是混得好，我就不回来啦！"

这时，大家都开始注意到背着吉他的大耳朵了，因为只有他一言不发，两眼盯着窗外愣神儿。"喂！朋友，你到哪儿去？"

"我？我也不知道去哪儿。"大耳朵害羞起来。他无法掩饰内心的恐慌，结结巴巴地说："城市那么大，我想总会有地方去的。"

"啊？"大家叫起来。在他们看来，大耳朵是一个局外人，因为一只在城里无亲无故的老鼠，能到哪儿去？结果只有一个——到处瞎碰。

　　大伙赶紧散去，躲得远远的，唯恐大耳朵黏着自己。顿时，喧哗的车厢安静下来了。

　　大耳朵抿了抿嘴唇，弹起了他的吉他，边弹边唱。他的歌是那样抒情，那样轻柔，使得车厢里充满了花香味，充满了明媚的阳光，充满了柔情……在大耳朵眼里，这是一列满怀希望和梦想的列车，而那些拥有美好前程的鼠儿们却无心领略这美妙的乡村音乐……

　　夜幕降临，火车到站了。鼠儿们有的钻进麻袋里，有的钻进纸箱，有的钻进筐里，很快便不见了踪影。

　　当货物卸到货场上后，大家这才重新现身。进城的鼠儿们与来迎客的鼠儿接上头后，都相继离去。

　　整个货场空荡荡的，只剩下大耳朵自己。"其实，这没什么，自己的路，自己走嘛！"这是田鼠太太常对大耳朵说的一句话。大耳朵，背好吉他，拎起箱子，四处观察了一番后，钻进了下水道。

　　大耳朵沿着下水道管子，摸黑前进。一边走，一边快乐地唱歌。

当大耳朵钻到地面上时，他被眼前的景象吓呆了。

前面是一条繁华的大街。

马路上穿梭着一群群像野兽似的汽车，它们闪着灯泡眼，怒吼着蹿来蹿去，比乡下的蚂蚁还多。路边站着一排傲慢的路灯，它们个个高大挺拔，瞪着橙色的眼珠子，比星星亮，比月亮也亮，仰着脑袋连眼皮也不眨。远处一栋栋披红挂绿的高楼大厦盛气凌人地直插云霄，大耳朵真担心它们会一不小心撞翻了月亮。就连人行道上的树木，也都棵棵争奇斗艳，五颜六色的灯笼挂满枝头……

大耳朵无法想象在乡村要使多大的劲儿才能将黑黝黝的天幕染成五彩斑斓的天幕……

　　大耳朵彻底被城市征服了，他的心里像揣了只小兔子似的活蹦乱跳，感觉一不留神就会被巨大的城市吞掉。他本能地躲进路旁的一片冬青树丛里。但他又抵挡不住外面的诱惑，总是伸着脑袋向外张望。

　　突然，他产生了一个狂妄的想法：他想在此刻、此地，演奏一曲他的乡村音乐——为了庆祝他的到来，也为了表达他对城市的敬意。于是大耳朵勇敢地跳出冬青树丛，站在滚热的路基上面，卖力地演唱起来。尽管他使尽浑身解数，就差没喊破喉咙，但他那柔美的乡村音乐还是淹没在滚滚的汽车喇叭声里，淹没在人们沸沸扬扬的喧嚣声中……

"哦！我有点不习惯呢！"

大耳朵又钻进冬青树丛，倚着树坐下来发呆。

这时，大耳朵产生了懊悔的情绪。于是，田鼠先生的话便从脑海里冒了出来，"儿子，如果想家了就回来。""可是，我才刚刚到这里呢！我……我应该坚强些才对。"想到这里，大耳朵使劲地做了几个深呼吸，好让自己镇静下来。他觉得自己应该先找个住处安定下来，再一点一点去认识、了解这个城市。于是大耳朵重新站起来，回到了下水道里。

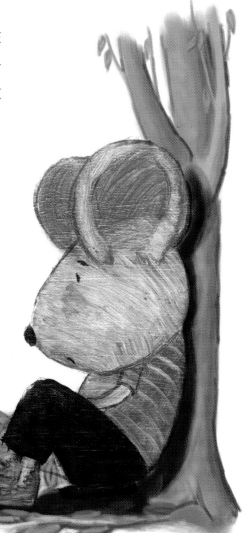

在下水道里，大耳朵意外邂逅了一只叫小美的宠物仓鼠。小美是刚从主人家里逃出来的，长得可爱又迷人，笑声像银铃一般清脆悦耳。

"这个城市，我很熟悉。"小美忽闪着眼睛，"如果你乐意，我可以做你的朋友。我想你一定需要一个向导朋友。"

"谢谢你，小美。我今天刚进城市就认识你，真是太幸运了。"说着，大耳朵拨起琴弦唱起歌。

"啊！你唱得真好听，看来你是个了不起的歌唱家。"小美羡慕地说。

"我更喜欢写歌，我唱的全是自己写的。"

"什么？你还会写歌？我敢预言，你将会成为这个城市最伟大的音乐家！"小美激动地说。

小美的赞美顿时使大耳朵找到了自信。"你真的喜欢这种乡村音乐吗？"

"是的，我能感到它像一条涓涓细流滑过我的心田……"

这一夜，大耳朵感觉幸福极了。在他眼里，眼前这个肮脏的下水道简直就是快乐的天堂。他带着对未来的憧憬进入梦乡。

　　住在城里不比乡下，在这里，不论白天还是黑夜，到处都热热闹闹。城市里的人多、车多，正在建设的高楼多，需要修的路也多……不论走到哪里，都充斥着鼎沸的人声、汽车喇叭声、压路机声、挖土机声、搅拌机声……这些噪音声声入耳，让人无处躲藏，害得大耳朵整天头昏脑涨，常常担心自己的耳膜被震破。这让人头疼的城市噪音，大耳朵经过了很长一段时间后才适应了。

　　大耳朵还在下水道里挖掘了两个洞穴，并下工夫将它们装饰了一番，使两个洞穴看上去整洁大方，住起来舒适安全。他和小美既是邻居又是好朋友。

　　在城里的生活安定后，大耳朵便开始追求在音乐领域的发展。他非常渴望得到大家的认可。要想让大家接受他的乡村音乐，他必须获得展示机会。可是，想要登台演出，并不是一件容易的事情。因为这里是城市，不是乡下，大耳朵不能像在乡下那样，随时随地地演奏他的乡村音乐……

　　一天傍晚，小美在菜市场搜集食物时，结识了一只住在电影院的老鼠。从他那里小美打听到电影院每天午夜都有歌舞演出，许多上流社会的鼠儿都会到那里消遣。

　　大耳朵得知这个消息后，整晚都坐立不安，紧张得两腿发软，眼睛冒火。要知道，这是大耳朵自从进城以来，第一次可以近距离挨近大舞台。对他来说，那个舞台是多么可爱！如果他能够登台演出，那将是怎样的幸福呀！大耳朵默默祈祷，希望夜幕快点落下。

　　午夜老人拖着慢腾腾的步子终于来了。大耳朵和小美很顺利地找到了电影院。当他们钻进去的时候，里面已经聚集了许多鼠儿，有的坐在椅子把手上，有的蹲在椅背上，有的在过道上踱来踱去……四周黑压压一片，幽暗的天花板上吊着几盏呼啦呼啦转的电风扇。

　　大耳朵和小美刚在一个位子上坐稳，舞台上的一盏灯就亮了。光圈罩着一只打扮洋气的城市鼠姑娘，她手持话筒，看样子是音乐会的主持人。"安静，安静！女士们，先生们，欢迎大家光临今晚的音乐会。"她清了清喉咙，"现在我宣布，梦多芬大师的音乐舞会开始啦！"

　　只见十几个演员带着各种乐器登台，立刻台下一片欢呼。大耳朵和小美也兴奋地鼓掌欢迎。

田鼠梦多芬是一个天才音乐家，他创作了数不清的城市进行曲。在这个城市，没有一只老鼠不认识他，没有一只老鼠不会唱他的歌。他的音乐征服了整个城市，被城市鼠们视作"音乐之父"。

在昏暗的灯光下，梦多芬的音乐奏响了——居然是震耳欲聋的噪声交响曲！大耳朵和小美被这突如其来的疯狂音乐震惊了。

它像飓风一样席卷而来，鼠儿们跳起像飓风一般疯狂的舞。

它像一把割裂喉管的刀子，割得大家扯破嗓门大喊大叫。

它更像一块黑布蒙上眼睛，使鼠儿们找不到东南西北……

跳舞吧
别管撒在地上的鞋子和靴子
喊吧
只要还有一口气
就要释放紧绷的神经……

大耳朵哭了。他被这些可怕的噪音击垮了。

　　在随后的日子里，大耳朵领略的音乐全是这类歇斯底里的噪音。他简直要疯了，他走遍了这座城市的每个角落，只要有音乐，那一定是梦多芬的城市音乐。大耳朵明白了，在这个城市里，他再也找不到其他的音乐了。

　　于是，大耳朵决定尝试着自己创作一些城市化的轻音乐。但是，不知道为什么，他这个充满灵性的音乐家却突然失去了创作灵感。充满噪音的世界，何处是心灵安静的所在？他常常冥思苦想，甚至夜不成寐，然而却创作不出一段优美的旋律……这使大耳朵非常烦恼，甚至脾气都变得暴躁了。

　　最终，大耳朵放弃了创作城市轻音乐的想法。他开始坚定对来自大自然的乡村音乐的信心，他认为繁华都市最需要的是大自然的声音。

　　为了让大家接受自己的音乐，大耳朵决定去拜访梦多芬。只有这个音乐大师承认了他的音乐，其他的人才会接受他。大耳朵费尽周折后，终于找到了梦多芬的地址。

那是一个忧郁的黄昏，天空下着淅淅沥沥的小雨。大耳朵在一个神秘的洞穴里见到了这个大音乐家。正如他的音乐一样，梦多芬的生活也是奇特的，他将自己关在一个铁笼子里面。

"你就是那个搞什么乡村音乐的大耳朵吗？"梦多芬一边将着胡须，一边斜着眼审视他，"你到处找我，到底想干什么？"

"我是大耳朵。我找您，就是想让您听听我的乡村音乐。"

"那还等什么？唱吧！"

大耳朵抑制住内心的狂喜，演奏起他那来自大自然、来自心灵的音乐……

梦多芬双手紧握铁栏，久违的泪水不能抑制地喷洒而下。他的思乡之情被掀起了，他仿佛看到故乡的云飘来了，空气中弥漫着泥土的芳香……这时候，梦多芬那美妙的童年记忆被唤醒，他完全被震撼了。

不知过了多久，正当大耳朵也陶醉在对乡村的回忆时，只听梦多芬仿佛刚从梦中惊醒般猛然咆哮道：

"不要再唱了！"

充满大自然柔情的音乐戛然而止。

梦多芬背着双手，在笼子里来回踱步。终于，他面朝大耳朵，非常严肃也非常不客气地下结论道："你的乡村音乐不受欢迎。我再说一遍，在现代都市，谁也不会接受你的音乐。"

"为什么？"大耳朵惊诧地问。

"因为在这个浮躁、喧嚣的世界里已经没有一块宁静的净土了！孩子，如果你想留在这里谋求发展，我劝你还是放弃你的乡村音乐，加入我们的城市行列吧！"

"不，我不相信。求您给我一次登台演出的机会！我想我的乡村音乐会被接受的。"大耳朵哀求道。

"孩子，你错了。哈哈——"梦多芬语气一转，变得激情澎湃起来，"你睁开眼看吧，看外面的世界是怎样地浮华！你伸着耳朵听吧，听城市发出的声音是怎样地狂躁！有谁会静下心来欣赏你的艺术？哈哈！这是一个疯狂的时代，这个时代只需要疯狂的艺术呀……"

"只要您肯给我一次机会，我将会证明，你们的心灵需要我的音乐。"

"既然你不相信我，那么，好吧，今晚你来电影院……"

当晚，当大耳朵第一次登上舞台的
时候，当他的乡村音乐在影院里奏响的
时候，他发现梦多芬先生果然是对的。
从四面八方涌来的鼎沸嘈杂声完全淹没
了他的乡村音乐……

"这个疯子，哼哼唧唧地呜咽个
啥？"

"这个小丑，扭扭捏捏地制造着靡
靡之音，腻味死了！"

大耳朵的脸火辣辣地烫。他的心被
撕了个大口子，很痛。大耳朵像个贼似
的灰溜溜逃了，他感到城市睁着无数只
眼睛在跟踪他，使他无处藏身。

黎明前，大耳朵跟跟跄跄地爬上一
座高大的跨街天桥。他坐在桥上，倚着
栏杆发呆。

路灯依旧放射着耀眼的光芒，天空依旧被染得模糊不清。月亮若隐若现，星星早不见了踪影。路上的汽车也渐渐少了，但大耳朵依旧感觉一种嘈杂的声音回旋在耳畔……大耳朵很失望，他想象中的城市不该是这个模样。

　　"这是我的地盘。"说着，一只上了年纪的流浪鼠走了过来。"看样子，你很伤心。"他面对大耳朵坐了下来。

　　"是的，我带着美好的梦想从故乡来到这里，却没想到，结果糟糕透了。"大耳朵哭起来。

　　流浪鼠摸着大耳朵的吉他道："怎么，你是搞音乐的？"

　　"是的，我非常热爱音乐，但我的乡村音乐在这里不受欢迎。"

　　"这很正常。我以前也喜欢过音乐，但是自从来到这个城市，我对声音就麻木了。你听，这城市日夜都在喧哗，大家已经习惯这种嘈杂了，反而不适应柔和的乡村音乐了。"

　　"也许我到这里来是个错误。"

　　"孩子，如果我是你，我就回故乡去。"流浪鼠叹了口气，"千万别像我一样，在这里历尽沧桑，到头来仍一无所有……"

　　大耳朵下决心回到故乡去，他一刻也不想再停留。

　　"小美，你真的不愿和我一起到草原去吗？"

　　"我想，我属于这个城市。我有一个关于城市的梦想……"小美没说下去。大耳朵想小美的梦想对她来说也很重要，他不能剥夺她的梦想。

于是大耳朵告别了小美。虽然很舍不得，但一想到那久违的草场和农庄伙伴，大耳朵就飞跑起来。他感到他一刻也不能再拖延了。

午夜，大耳朵终于坐上回故乡的火车。他坐在窗边，一边弹吉他，一边唱歌：

我要回家
我可爱的乡村，我爱你
因为你有肥沃广袤的土地
离开土地我活不了

我要回家
我可爱的乡村，我爱你
因为你有山川与河流
离开它们我活不了

我要回家
我可爱的乡村
因为你有树木和花草
离开它们我不快乐

噢……
我可爱的家乡，我爱你
因为只有你用心聆听，聆听我的歌声……

随着歌声响起，一只只筋疲力尽、蓬头垢面的鼠儿纷纷从麻袋、木板箱里钻出来。顿时，整个车厢热闹起来。他们中有年轻

的，有年长的，在大耳朵看来，他们也和他一样是想逃离城市。大耳朵认为选择回家的他们才是真正的胜利者。

大耳朵继续拨弄着琴弦弹唱他热爱的乡村音乐。

许多年纪大的鼠被触动了，他们在仔细地倾听，仿佛被大耳朵的乡村音乐带回到那个有梦想的年代。车厢里的喧闹声渐渐弱下去，大家都在仔细倾听、思考……

列车每到一站，都会在站台上静静地停留几分钟。就在列车短暂安静的那一刻，大耳朵的歌声显得特别洪亮。当列车启动发出高亢的轰鸣声时，他唱得更卖力了，他的脸都涨红了，看得出来，他在努力不让他的歌声被机械的声音淹没。

列车停停开开，歌声却一直不绝地高亢地回旋在车厢里。大耳朵那坚定的神情和执著的歌声使得那夜的列车充满自信和激情。

终于，终点站到了。列车停了下来。迎面拂来清新的空气。

"我回来了，爸爸！"大耳朵仿佛看到了爸爸一边哼着小曲，一边为花圃搭暖房，为即将到来的冬天做准备的身影。当他看到大耳朵时，一定是泪流满面……

"我回来了，妈妈！"大耳朵能想象出来妈妈一定会说："没关系，孩子，不论成功还是失败，经历了总是件好事情！"……

Q1. 田鼠是一种什么动物？

A1. 田鼠是啮齿目仓鼠科田鼠亚科的通称，共18属110种，广泛分布于欧洲、亚洲和美洲。中国有11属40余种。田鼠多为地栖种类，喜群居，不冬眠。田鼠除个别种类的毛皮可以利用外，绝大多数对农、牧、林业有害。

Q2. 动物也有音乐天赋吗？

A2. 是的，动物所表现出来的音乐天赋早已引起科学家的极大兴趣。有科学家认为，音乐并不是人类的专利，而是整个动物王国——至少是脊椎动物王国的艺术形式。也许有一天，科学家能从生物学领域揭开动物也会音乐的奥秘……

Q3. 环境噪声和环境噪声污染指什么？

A3. 环境噪声是指在工业生产、建筑施工、交通运输和社会生活中所产生的干扰周围生活的声音。当产生的环境噪声超过国家规定的环境噪声排放标准，并干扰人们正常生活、工作和学习时，就称为环境噪声污染。

Q4. 噪声对人有什么危害？

A4. 现在国际上公认噪声有四大影响。1.神经系统：失眠、精神恍惚；2.心血管系统：血压升高，导致心脏病患者的病情急性发作；3.免疫力：免疫力下降，增加多种疾病的发病几率；4.听力：长期的高噪声导致听力下降。最近，美、日、法等国的科学家还发现，当噪声强度超过90分贝时，人的视觉就会减弱。噪声量（分贝）对人体影响举例：0~50分贝，舒适，细语声；50~90分贝，妨碍睡眠、难过、焦虑；90~130分贝，耳朵发痒、耳朵疼痛；130分贝以上，耳膜破裂、耳聋。

Q5. 我们该如何面对噪声问题？

A5. 噪声固然是要阻挡，但我们自己也不能成为噪声的源头：①在公众场所不大声喧闹，这既是礼仪需要，也是环保需要。②即使在家中，也不应制造噪声，如将电视、音响的声量调得太大等，都是会影响四邻安宁的。

Q6. 城市里都有哪些污染？

A6. 城市污染大致可分为：大气污染、水污染、固体废弃物污染、噪声污染及电辐射污染等。城市环境污染直接或间接地对人体健康(包括病理、生理、遗传、致畸、致突变)或生产、生活产生一定的危害或影响。

Q7. "城市化"是什么意思？

A7. 城市化是城市发展进程的概述。按照《中华人民共和国国家标准城市规划术语》对城市化的定义，是"人类生产与生活方式由农村型向城市型转化的历史过程，主要表现为农村人口转化为城市人口及城市不断发展完善的过程"。

Q8. 为什么有越来越多的城市人渴望回归大自然？

A8. 随着城市化进程的日益加快，车水马龙日益成为城市的主旋律。沉重的钢筋水泥建筑物构成了一道灰色的风景线，带给人们的常是一种紧张的节奏和惶惑与不安。所以，有越来越多的城市人渴望回归自然，过田园牧歌式的生活。

Q9. 人与自然是一种什么关系？

A9. 自古以来就存在着把人与自然对立起来的观点，特别是到了近代社会，人们改造自然的能力迅速增强，更是宣称要"战胜和征服自然"。针对这种观点，恩格斯明确指出，人与自然是一体的，人具有作为自然的产物并始终归属于、依存于自然的属性。

Q10. 为什么要"敬畏自然"？

A10. 自然具有无限的广阔性和复杂性，人类认识、改造和利用自然的能力是有限的，违反自然规律最终会自食其果。虽然现代人无需回到过去盲目崇拜自然的状况，但在自然面前保持谦虚谨慎，虚心向自然学习，在按自然规律办事的前提下充分发挥人的能动性和创造性，才是对待自然的明智态度。

城市噪声将灭绝鸣禽

城市中的鸟儿开始提高嗓门，这样才能在城市嘈杂的背景下让人听到它们婉转的歌声。但是，城市生活的喧嚣可能开始危害到苍头燕雀、林岩鹨和其他一些音域无法超越城市嘈杂背景声音的鸣禽。

城市中的各种高低噪音声源——如汽车、飞机和各种机械——已经给野生鸟类造成新的选择压力，因为它们依靠声音来吸引异性和确定领地。

科学家们首次在大山雀身上注意到了这种现象。人们发现，在主路和繁忙的路口附近，大山雀鸣叫的调门很高，只有这样，这些生活在嘈杂城市中的鸣禽才能让其他的鸟儿听到自己求偶的鸣叫。可是，那些生活在比较安静的居民区内的鸟儿通常都是低吟浅唱。

另外，在城市低频噪声的背景下，生活在城市中的鸟儿似乎正在有针对性地调整自己的声音，确保在吸引异性时取得最大成功。这一发现的根据是调查人员在荷兰莱登及其周围地区对鸟儿所做的录音，他们还把研究工作扩大到了欧洲其他大城市，包括伦敦。

"百灵和黄鹂开始或者已经从荷兰的一些城市中销声匿迹，除了其他一些因素——比如栖息地丧失、食物缺乏、没有地方筑巢——城市的噪音掩盖了它们求偶的叫声，可能也起了一定的作用。"

噪声与儿童

有报道称，目前世界上患耳聋和听力减退者有7000万人之多，其中多数患者是在婴幼儿成长时期所致。而学龄儿童如果长期受到一定限度噪声的刺激，会出现容易激动、情绪紧张、缺乏耐性、睡眠不足、注意力不集中、记忆力减退等症状。同时，噪声是影响儿童智力和身体发育的大敌。有研究资料表明，处在吵闹环境中生活的儿童，其智力发育要比在安静环境中低20%；营养学专家研究发现，噪声不仅会使人体的免疫功能下降，还能使人体中的维生素C、B1、B2、B6、氨基酸、谷氨酸、赖氨酸等营养物质的消耗量增加，这会对儿童的生长发育造成恶劣影响。

噪声的科学利用

噪声和其他事物一样，既有有害的一面，又有可被人类利用、造福人类的一面。许多科学家在噪声利用方面做了大量研究工作：

（1）1991年，奥地利研究出一种消声的水泥公路，这种混凝土的水泥公路有像泡沫材料一样的气孔和弹性，可把大量的振动能转变为材料内部的热能散发掉，从而使振动和噪声迅速衰减。

（2）日本科学家采用一种新型的"音响设备"，将家庭生活中的各种流水声如洗手、淘米等产生的噪声变成悦耳的协奏曲。美国也研制出一种吸收大城市噪声并将其转变为大自然"乐声"的合成器，英国科学家还研制出电吹风声响的"白噪声"并由此生产出"宝宝催眠器"，能使婴幼儿自然酣睡。

（3）噪声是声波，所以它也是一种能量。英国剑桥大学的专家们开始利用噪声发电的尝试。他们设计了一种鼓膜式声波接收器。这种接收器与一个共鸣器连接在一起，放在噪声污染区，就能将声能转为电能。美国研究人员发现，高能量的噪声可以使尘粒相聚一体，产生较好的除尘效果。

（4）在科学研究领域更为有意义的是利用噪声透视海底的方法。科学家利用海洋里的噪声，如破碎的浪花、鱼类的游动、下雨、过往船只的扰动声等进行摄影，用声音作为摄影的"光源"。1991年，美国科学家用这种奇妙的摄影功能，首先在太平洋海域做了成功的实验。

（5）噪声应用于农作物同样获得令人惊讶的成果。科学家们发现，植物在受到声音的刺激后，能吸收更多的二氧化碳和氧分，从而提高增长速度和产量。通过实验发现，水稻、大豆、黄瓜等农作物在噪声的影响下都有不同程度的增产。

或许，在不久的将来，恼人的噪声将变成优美的新曲，造福人类。

各国妙治城市噪声

英国：电视的声音不能传出八米；商业设施噪声记录按时提交。

瑞士：晚十点以后不准洗淋浴，凌晨3时以后，男人必须坐着小便。

比利时：噪声地图能当呈堂证物。

加拿大：利用天然地势屏蔽道路噪声。

德国：晚十点后不准大声说话、放音乐、搞聚会，周末要举行聚会须事先征得邻居同意。

美国纽约：家养的狗在夜间只许叫5分钟，白天只能叫10分钟，否则须罚款。

从今天起，做一个环境小卫士
——我的环保宣言

从今天起，做一个环境小卫士
节水，节电，无污染旅游
从今天起，关心植树和造林
为了一个理想：与社会和谐，与自然和谐

从今天起，和每一个大人对话
告诉他们我的环保宣言
那绿色的天使告诉我的
我将告诉每一个人

给每一张果皮每一片纸屑
找一个分类的家
可爱的地球，我为你祝福
愿你有一个可持续发展的前程
愿你的资源循环利用
愿浩瀚宇宙，共你永生

策划团队：地球的孩子工作室

"同一片蓝天，同一方绿土，我们同属地球的孩子；平等地生存发展，平等地尊重敬畏，我们都是宇宙的生灵。"

这是一群来自文学、插画、广告、动漫、出版、法律等领域的环保志愿者，正带着年轻的热情和希望投入到以环保为特色的文艺事业中，希望能通过文艺来向大地播撒绿色的希望。"关心地球，关心发展；为了孩子，为了明天。"中国乃至世界的环保宣传之路漫漫其修远兮，地球的孩子工作室在行动！

主编单位

中华环保联合会
All-China Environment Federation

丛书编委会：张宝森　尹观全　杨淑华　何燕宁　李景平　祝晓光　朱豫建　钟福生
刘青松　胡凯建　陶文波　孙顺友　曾宪华　李旭亮　周新民　冯永强
胡煜军　傅莉莉　安世远　温　廷　王　勤　彭　滨　张彦林　高　岩
李宜明　赵晓明　毛晓园　余　进　（以上排名不分先后）

天子山下的水塘里出生了一只模样怪异的小丑蜻蜓，这在蜻蜓已经灭绝的昆虫王国里引起一阵恐慌。昆虫大王下令将小丑蜻蜓驱逐出境，这时善良的蜂后说话了……

本册环保主题：关注农药污染与物种变异。

小丑蜻蜓

纯净的蓝星儿来自大海，但到了水云国后却变成了一颗酸水滴，于是她去找祸首烟囱国王评理，随后开始了一次艰难的旅行。最终，蓝星儿落向一株小花，和小花一同悲惨地死去……

本册环保主题：远离大气污染，告别酸雨。

小水滴蓝星儿

环保旋风刮来啦！

小学生的文学读物、环境教育读物——

《绿野少年生态童话》

由于城市流行吃野生鱼，九峰山下小溪里的野生石板鱼受到了人们的疯狂捕杀。为了保护石板鱼家族不被毁灭，勇敢的阿甲主动当起了哨兵……

本册环保主题：保护生物多样性，拒食野生动物。

驼背鱼

城市的街心花园移植来了五棵从深山里来的老树，即将流离失所的乌鸦阿布夫妇很快将家安在了老树上。然而不久老树们生病了，两只乌鸦只好决定跟随老树一起返回深山……

本册环保主题：珍惜古树资源。

乌鸦和老树一起回家

猎人老唐的"大篷车"马戏团里有一只明星狮子王，是小狮子奥里奥的偶像。有一天小狮子听说狮子王是他的舅舅后偷偷来到了马戏团……

本册环保主题：关注生态伦理，关注动物的尊严。

小狮子奥里奥

墨西哥小龙虾阿里和依娜夫妇来到青蛙王国后大量繁衍后代，最后居然想把青蛙国王和他的臣民赶出去。关键时刻，小龙虾果果带领小龙虾幼儿冲到阵地前……

本册环保主题：警惕外来物种入侵。

青蛙王国的战争

这是一个奇怪的冬天：蜜蜂采蜜，刺猬外出觅食，呱呱叫的蟾蜍和青蛙坐在河岸上抓蚊子和苍蝇……小蟾蜍和小青蛙决定去西伯利亚寻找丢失了的冬眠。他们找到了吗？

本册环保主题：警惕"温室效应"。

谁偷走了我们的冬眠

刚成年的龙蚯蚓悠悠来到垃圾国西部的沼泽地，结交了住在"沼泽树"上的诗人秃鹫，并一起费力地将埋在泥潭里的"白色垃圾"清理干净。春天，奇迹发生了……

本册环保主题：拒绝固体废弃物污染。

垃圾国的希望树

来自乡村的小老鼠大耳朵为了追寻关于音乐的理想来到了喧嚣的大城市。他在城市里遭遇了什么呢？最后他和他的乡村音乐留在城市了吗？

本册环保主题：拒绝城市噪音污染。

大耳朵的乡村音乐

漫天飞雪的野地里立着一只"稻草獾"，他的前胸是用木头做成的，整齐地排列着6个抽屉，里面装满了粮食，有玉米粒、橡子、松子、山核桃、花生……在这个寒冷的冬天，许多动物得到了他的帮助。

本册环保主题：帮助动物温饱过冬。

骑在木桶上的獾

读小书，做环境小卫士

"环保旋风"第一波："绿野少年"书香接力

珍惜资源，分享书香。读完《绿野少年生态童话》丛书后，如果你不想保存，请转赠合适的读者，传递脉脉书香……

"环保旋风"第二波："绿野少年"爱心接力

买本绿色小书　捐环保事业1角钱

你每购买一本《绿野少年生态童话》丛书，就将有1角钱捐给环保事业，用于相关环境保护项目，比如藏羚羊的救护、热带雨林的保护、湿地的保护等。此项活动由中华环保联合会、福建少年儿童出版社及地球的孩子工作室共同策划推出，购买丛书的小读者在读书、看故事的同时，也为我国的环境事业出了一份力。让我们行动起来，让中华大地上的每一块绿土均看得见我们的努力吧！

"环保旋风"第三波："绿野少年"绿色接力

小小的爱心·绿绿的希望

同学们，看完书，除了收获一个文学故事、一种环保理念之外，也不要忘记做个行动者，把随书附赠的这些小种子亲手种下去呀！种一粒种子，就是种一颗爱心；种一粒种子，就是种一株希望……

如果你是小学生本人，你可以将种子种到合适的地方（阳台和卧室也可以噢），让自己和种子一起成长；如果长成后的植物又结了种子，还可以把它们收集起来，分给别的同学再播种……

如果你是学生家长，你可以：与孩子一起播撒种子、一起养护管理，感受亲子共读的美妙；与孩子一起给种子写成长日记，记录下种子播下后每周的不同变化……

如果你是学校老师，你可以：组织学生将这些种子种到校园绿地上，树立他们植绿、爱绿、护绿的意识；对不同学生的"植绿成果"进行评比，评出"绿色之星"一、二、三等奖……

说明：《绿野少年生态童话》共随书附赠10种植物种子：波斯菊、三色旋花、玩具熊向日葵、太阳花、贝壳花、飞碟瓜、五彩迷你椒、勋章花等，每本一种，均是易种又有趣的观赏性植物，有一些还是迷你农作物。（种子见封三。《种植指南》见种子包装袋的背面。）

步步高

观赏椒

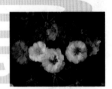

太阳花

波斯菊